오늘의 퀴즈

오늘의 퀴즈

아들, 너랑 노니까
너무 좋다. 진짜!

유세윤, 유민하 지음

미디어창비

퀴즈의 시작

내 아들은 일기 쓰기를 좋아하지 않는다.
안타까웠다.

아직까지 간직하고 있는 (잘 보관해 주신 어머니 덕분에 상태가 좋은)
내 어린 시절의 일기들은 나에게 수많은 아이디어의 원천이자
잊고 있었던 감성의 원천이기도 하다.
내가 쓴 일기인데도 볼 때마다 다른 것들이 보이기 시작한다.

가만히 일기를 보다 보면, 지금의 내가 이렇게 자란 이유를 깨닫기도
하고, 최근에 다시 읽었을 때는 때로 이해하지 못했던 아들의 행동과
마음을 조금씩 헤아리게도 되었다.
내가 4학년 때 쓴 일기에는 이렇게 적혀 있었다.

1990 년 4 월 7 일 토 요일   날씨(비)

주제   일기

일기는 왜 쓸까? 쓰기 싫어서
하는 말은 아니다. 또 선생님이
검사 하자는 것이 싫다. 이유는
일기는 남이 보는 것이 아닌 데 말이다.
일기는 언제 만들어 졌으며 일검사는
언제 부터 하게 된 것일까?
'이제는 이만큼 써야지' 하면 곤란하지
아뭏든 나는 찐짜 일기장을 만들자.

4/9째

물론 시간이 지난 후에는 선생님과 어머니께 매우 감사했지만
당시에는 일기가 쓰기 싫어서 갖은 요령을 다 부렸던 기억이 난다.
(덕분에 내 거짓 일기들은 훗날 출간된 페이크 에세이 『겉, 짓, 말.』의
발단이 되었다.)
그래도 그때 내 마음과 추억을 기분 좋고 재미있게 기록할 수 있는
방법은 없었을까. 그렇게 퀴즈를 하나씩 생각하기 시작했다.

아들과 주고받는 질문과 답들은 우리 둘이 만드는 가장 즐거운
놀이이자 일기가 될 것 같다.

먼 훗날 아들이 『오늘의 퀴즈』를 다시 읽게 된다면, 우리가 함께했던
이 순간들을 어떻게 기억해 줄까. 그 이야기도 꼭 듣고 싶다.

유세윤

당신의 주의 사항

길게 쓰거나 짧게 써도 상관없지만 진짜 마음(진심)이어야 한다.

나의 주의 사항

- 이것은 교육이 아닌 놀이일 뿐이다.
- 창의적인 대답을 원하거나 강요하지 않는다.
- 서로가 이 퀴즈를 풀어야 한다는 의무감을 갖지 않는다.
- 질문에 의도가 있어서는 안 된다.
- 상대가 마음을 여는 만큼 나도 마음을 열 것.
- 아이의 동의 없이는 공개하지 않는다.
- 아이를 사랑하고 아낀다는 것을 온몸과 온 마음으로 표현하라.

잊지마 어머니들의 포대기 위력!

#2jjima
#말똥말똥과숙면의차이
#은근슬쩍

잊지마 내가 니 배였다.
선장은 너야!

#2jjima
#오캡틴마이캡틴

잊지마 내 휴대폰…… 스카이였다.

#2jjima
#2009년
#벌써10년

잊지마 난 이 무대를 위해
내 모든 걸 다 바쳐 최선을 다했다.

#2jjima
#관객이한명이라도
#최선을다한다

잊지마 내가 니 공갈이었다.

#2jjima
#엄마웨이크보드타러가셨어
#좀만참아

적어도

내가 행복했던 일들을 다 들려줄게.
적어도 내가 느꼈던 행복만큼은 느낄 수 있도록.

내가 슬펐던 일들을 미리 알려 줄게.
적어도 내가 느꼈던 슬픔보다는 덜 슬플 수 있도록.

내가 실수했던 것들을 알려 줄게.
적어도 내가 했던 실수만큼은 반복하지 않도록.

내가 방황했던 이유를 알려 줄게.
적어도 내가 방황했던 시간보다는 짧게 방황할 수 있도록.

나의 이야기를 들려줄게.
너의 이야기를 만들 수 있도록.

잊지마 내가 니 침대였다.

#2jjima
#아빠등짝
#히프업어부바

잇지마

〈잇지마〉 시리즈는

그야말로 찌질한 육아 보상 심리의 표본이다.

놀이터에서 특별하게 놀 수 있는 아이디어를
적으시오.

맞추기
그네 차기
주고 받기

위 아래 X 건
위 아래 너프
그네 통관 너프

나는 가끔 창의력이 좋다는 칭찬을 듣는다.
〈아이디어는 대체 어디서 얻으세요〉라는 질문도 정말 많이
받는다.
그러면 보통 〈주로 제 일상에서 많이 얻죠〉라고 답한다.
그런데 가만 있어 보자……
나는 내 일상에서 아이디어를 얻어서, 창의력은 내 일상
밖에다가 쓰고 있었네.

이제야 나는 그동안 쌓아 온 창의력을 어디다 써야 할지
알았다.
이제 난 내 일상에,
내 가족에게,
40년 동안 단련해 온 창의력을 아낌없이 쏟아 낼 것이다.

아, 그래서 요즘에 내가 하는 방송보다 내 SNS가
더 재밌다고들 하는 건가.

당신이 가장 좋아하는 것을
세 가지 이상 적으시오.

1. 게임
2. 유튜브
3. TV
4. 태권도
5. 놀이
6. 그스톱
7. 윷놀이
8. 종 달받기
9. 다 른 사 람 늘 오 두공가
          놀
          이

1번에 게임을 썼다고 해서 1위라고 생각하지 않으려고 한다.
〈누가 더 좋아? 뭐가 더 좋아?〉 식의 질문은 참 발전적이지
않은 거 같다.
그런데 나조차도 자꾸 그런 식의 질문을 하게 되더라.
생각하고 묻는 것이 아닌 길들여진 패턴에 따라 생각 없이
나오는 질문들…….
〈누가 더 좋아? 네 마음속 1위는 무엇이야?〉 같은 질문들은
알게 모르게 우리의 마음속 1위가 아닌 것들에 대해 부정적인
마음을 키워 낸다.

저기 9번에 쓰인 〈다른 사람들이 모두 공놀이를 싫어할 때〉가
가장 좋아하는 것 중에 하나인 이유는, 자기는 공놀이를
잘 못하는데 친구 대부분은 공놀이를 잘하고 좋아하기
때문이라고 했다.
아이나 어른이나 자신이 못하는 것을 숨기고 싶은 마음은
매한가지이다.

어른들이 술 마시는 이유를
아는 대로 적으시오.

1. 술 값이 싸서
2. 돈이 되서
3. 기분이 좋아져서 (알코올)

1번은 기분 좋아지는 것에 대비해서 싸다는 뜻.
2번은 병을 팔면 돈이 된다고 해서.

꼭 마셔야 돼요? 도대체 왜?
정말 궁금해요. 건강에 안 좋다는데 어른들은 왜 술을
마셔요?

아이일 때는 술 없이도 기분이 좋아질 수 있는 능력이
있었지만 어른이 되고 나니 점점 그 능력을 잃어 가더라.

기분 나빠지기는 참 쉬운데
기분 좋아지기는 참 어렵더라.

기분 좋은 일이 하루에 열 개 있고
기분 나쁜 일이 하루에 하나만 있어도
그 하루는 기분 나쁜 하루가 되어 버리더라.

만약 무인도에 가게 된다면
가져가고 싶은 것 세 가지만 쓰시오.

옷

집

음식

〈만약에〉 놀이는 언제나 재미있다.

하지만 인생은 〈만약에〉라고 아무리 상상을 해봐도 늘
예상할 수 없는 말도 안 되는 일들이 끊임없이 찾아온다.

5

어른이 되어서 직업을 선택할 때,
자기가 잘하는 것을 선택하겠습니까?
아니면 잘하지 못해도
하고 싶은 것을 선택하겠습니까?
둘 중 하나만 정해서 그 이유를 쓰시오.

답 : 잘하는 것
이유 : 월급을 많. 이 받 을수있어

인생은 단순하게.
어차피 무얼 선택하든
계획대로 되지 않을 테니까.

6

결혼의 장점과 단점을 적으시오.

장점

인구가 많아진다.

단점

스트레스가 있다.

나는 다시 태어나도 네 엄마랑 결혼할 거야.
정말 한 치의 망설임도 없다.

(하지만 다시 안 태어날 거야.)

잊지마 난 진심을 다해
너에게 노래를 불러 줬다.

#2jjima
#바은짝바은짝
#작으으은벼열
#소몰이창법

잊지마 그 인형 너랑 동갑이다.

#2jjima
#니가태어난해에찾아온
#산타할아버지선물
#변치않는우정

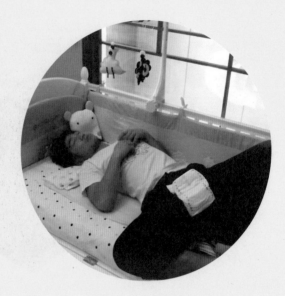

잊지마 나 정말 노력했다.

#2jjima
#체험육아현장

잊지마 너 때문에 배치기 한 거다.

#2jjima
#나밀고자기도빠짐
#푸하하하

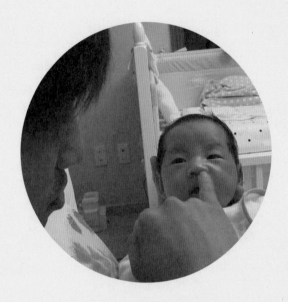

잊지마 내가 너 코딱지도 파 줬다.

#2jjima
#시원해
#코는면봉으로

함부로 기도하지 마세요

민하가 다섯 살 때 너무 귀여워서
아이가 이 상태로 더 크지 않았으면 좋겠다고
바란 적이 있습니다.

그런데 이뤄졌어요.
민하가 〈나는 왜 이렇게 작아요〉라고 물으면
등에서 땀이 납니다.

그러고 보니 내 키도 누군가의 기도가 아니었을까……

엄마??!!!

잊지마 너 홍콩 여행도 갔었어.

#2jjima
#란콰이퐁
#근데여기밤의거리래

퍼즐과 톱니바퀴

외로움은
〈내가 혹시 외로운 건 아닐까〉라고 생각만 해도
내 모든 상황이 퍼즐처럼 외로움 그대로 딱 들어맞는데

행복은
〈내가 혹시 행복한 건 아닌가〉라고 생각을 하면
이가 맞지 않는 톱니바퀴를 억지로 끼워 맞춰
아슬아슬하게 돌려 가며 겨우 행복을 찾는 느낌이다.

〈허무함〉이란 무엇입니까?

허무함은 허무합니다.

질문자에게 허무함을 직접 느끼게끔 정답을 몸소 체험하게
해주는 마성의 대답.

홍시 맛이 나서 홍시 맛이 난다고 하였는데
왜 홍시 맛이 나느냐고 물으시면…….

8

기억과 추억의 차이점을
아는 대로 적으시오.

기 억 : 지식생각
추 억 : 자기자신 엣 날생각

가장 좋았던 추억은 무엇입니까?

숨래 잡기 할머

내 기억 속에는 들리지 않지만
내 추억 속에는 웃음소리가 들린다.

가끔은
음악도 깔린다.

당신의 친구가 당신 때문에 화가 나 있다.
친구의 화를 풀어 주는 방법 세 가지 이상 적으시오.

심리전 $\circ$ 가르 부른다
내 가 천재들 늘것을함
다.
기다린 다

1. 심리 전문가를 부른다.
2. 내가 친구가 원하는 것을 한다(해준다).
3. 기다린다.

실은 나는『오늘의 퀴즈』속 실문을 던지면서 평소 내가
궁금해한 것들의 힌트를 민하에게서 얻는 경우가 있다.
정말 많은 도움을 받는다.
이때의 질문은 아내가 화가 나 있을 때 썼던 것이다.
생각보다 오랫동안 화가 풀리지 않으셨고, 집안 분위기도
많이 냉랭해져 갔다.
아내가 원하는 게 무엇인지 감이 잡히질 않았다.
기다리고 기다려도 나아지질 않으니 마냥 기다리는 것도
답이 아닌 듯했다.
하지만……
심리 전문가를 집으로 불러 아내에게 소개시켜 줬을 상상을
해보니 지금도 등골이 오싹하다.

「여보~ 여보가 화가 빨리 풀렸으면 해서 모셨어. 인사해!
심리 전문가 선생님이셔.」
「뭐…라…고…했…냐…지…금?」

자기가 생각하는 가장 웃긴 단어
하나만 적으시오.

똥=웃긴 단어의 황제.

11

민하가 하루 동안 엄마에게 제일 많이 하는 말
세 가지 이상 적으시오.

1. 다녀왔다녀왔어요
　　　　　왔어요
2. 엄마
3. 뽀뽀
4. 살빼요
5. 다녀오겠습니다.

당신이 오늘 하루 동안 사랑하는 사람에게
가장 많이 한 말은 무엇입니까.

선택 게임.

둘 중에 더 좋은 것을 선택하시오.

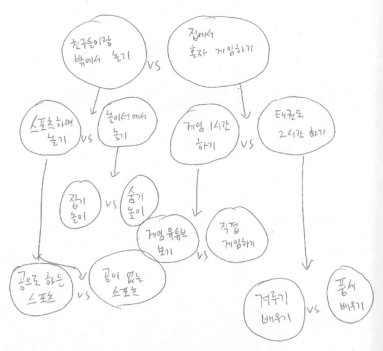

마지막 당신의 선택은 무엇입니까?

선택,
어렸을 땐 피할 수 있었지만
어른이 되면 피할 수 없는 것.

아빠 얼굴을 그리시오.

나를 허투루 보지 않았구나.
정말 고마워.

엄마 얼굴을 그리시오.

미국 공포 영화에서
귀신을 보는 아이가 그린 그림인 줄.

잊지마 난 분명히 내 폰 함부로 만지지 말라고
얘기했다!

#2jjima
#공포영화시작인줄
#찍혀있더군

잊지마 난 분명히 내 폰 함부로 만지지 말라고
얘기했다. 야야 내놔!

#2jjima
#엄마이쁘게나온다
#흔들린사랑

잊지마 난 분명히 궁뎅이 아플 거라고 했다.

#2jjima
#꽉잡아
#허리꼿꼿
#다음엔박스라도깔게

잊지마 여행은 그리 먼 곳에 있는 게 아니란다.

#2jjima
#아부산가고싶다아
#홍제천

잊지마 넌 공 한 개 난 공 세 개다.

#2jjima
#알게될거야

준비

언제든 기분 나쁠 준비는 되어 있지만
기분 좋을 준비는 되어 있지 않기에
기분이 좀처럼 좋아지지 않는 것 같아요.

모두 준비합시다.
기분 좋아질 준비에 예민해집시다.

잊지마 넌 뽀로로 신께 항상 기도드렸단다.

#2jjima
#그래서내가건강한듯
#고마워

바람

유명해서 행복한 사람보다는

행복해서 유명한 사람이었으면 좋겠어.

오늘 있었던 일을 거짓말로 적으시오.

오늘 짜퐁을 샀다
채채기를 했다

민하가 원하는 방향으로
민하가 재밌어 하는 방법으로
오늘 하루를 기록하길 바랐다.

하루 중 제일 기분 좋을 때를
세 가지 이상 적으시오.

체육

태권도

맞고

화득

그럼 그때마다 더 집중해서 함께할게.

〈설렌다〉는 마음이 생기는 순간을
세 가지 이상 적으시오.

설리\] 1 밥먹을때
성 적 표 받을때
아빠 가 문제
낼 때

〈기분〉이라는 단어를 예쁜 글씨로도 써보고
안 예쁜 글씨로도 써보시오.

예쁜 글씨

기분

안 예쁜 글씨

기분

글씨에도 감정이 숨어 있고
마음이 숨어 있다.

글씨가 삐뚤빼뚤하다고 해서 마음이 못난 건 아니야.
그래도
글씨는 못생겨도 글씨의 표정은 예뻤으면 좋겠어.

당신에게 가장 긴장됐던
순간은 언제입니까?

긴장된다 말
을 뵈가.. 말을 한순간

긴장된다는 말을 한 순간.

맞아,
긴장된다고 말하면 더 긴장돼.

그래서
사랑한다고 말하면 더 사랑하게 돼.

〈유민하〉로 삼행시 짓기.

유 : 유생 때직

민 : 민 하 는 자를 쓴다

하 : 하 ×∞

내 휴대폰에는 아들 이름이 〈유민하〉라고 저장되어 있다.
가끔 아들과 통화하거나 문자 메시지를 나눌 때,
우연히 다른 사람이 그 (저장된) 이름을 보게 되면
백이면 백 모두가 〈정 없어 보인다〉,
〈이모티콘이라도 넣어라〉라고 얘기한다.
하지만 지금 나에게 〈유민하〉라는 세 글자만큼
설레는 글자는 없다.

〈이별〉이라는 단어를 사용해서
문장을 만들어 보시오.

이 : 이름은
별 : 별처럼 많고 빛난

이 글을 본 뒤로 별을 볼 때마다 정말 누군가의 이름이
반짝이는 것처럼 느껴진다.
여기서는 멀어서 점이 반짝이는 것처럼 보이지만,
가까이 가보면 하늘에 이름이 새겨져 정말로 반짝이고 있을
것만 같다.
내 이름도 있을까.

잊지마 엄마도 니 응가를 매일 치웠단다.

#2jjima
#테디응가는그나마귀여운거야
#엄마가너에게사랑을알려준것처럼
#그렇게테디를사랑해주련

잊지마 한순간의 저주도 모두 허상일 뿐이다.

#2jjima
#쪽쪽쪽
#고마워사랑해

잊지마 내가 너 내 결혼식에 초대해 줬다.
잊지 않고 와줘서 정말 고마워!

#2jjima
#올줄알았어
#엄마뱃속에서
#함께한결혼식

잊지마 내가 너 호오 해줬다.
코 막지마, 어차피 입 냄새 유전이야.

#2jjima
#고백
#호오호오

잊지마 넌 날 비웃어도 난 널 사랑한단다.

#2jjima
#유세유니
#시선이자꾸만

내 아들은 마법 거울

비춰 보면 옳고 그름을 보여 주는 너는 마법 거울.

제발 나 따라하지 말아 줄래!

#2jjima
#목욕탕데이트
#세유니미나

나는 너를

난 항상 〈남들과 다르게 생각하라〉고 말하며 다녔는데

생각해 보면 나는

네가 남들과 다르게 행동했다는 이유로 너를 나무랐다.

태어나서 지금까지 기억 중에 맨 처음 기억은
무엇입니까?

응가 나신 기억

엄마, 아빠와의 첫 기억은 무엇입니까?

내가 태어난 기억

태어나서 무엇을 했습니까?

모르겠습니다

아들의 아홉 번째 생일 전날에 낸 문제였다.

이 문제를 내며 느꼈다.
우리 모두 생일(태어난 날)에 대한 기억은 자신의 부모님만
알고 있겠구나.

당신이 태어난 이유는 무엇입니까?

엄마 아빠
결혼해서 가,결

아주 오래 고민해 왔던 내 존재의 이유에 대한 해답이 풀렸다.
그래, 맞다.
삶은 그리 대단할 게 없고
존재의 이유 역시 거창할 것이 없다.
그저 강물처럼 구름처럼 새처럼 바람처럼 머물다 가는 것일
뿐이다.
그래, 맞다.
내 존재는 우리 엄마와 아빠의 책임이고
네 존재는 나와 네 엄마의 책임이다.

<미세먼지>에게 이름을 지어 주세요.

초미세먼지

나쁜 연산군

우리가 아는 역사는 어디까지가 진실일까.

세상이 이렇게 발전해도 계속해서 역사가 왜곡되는데 우리는 대체 무엇을 믿어야 할까.

혹시나 연산군이 민하에게 억울한 부분은 없을까.

엄마를 화나게 하는 말과
기분 좋게 하는 말을 모두 적으시오.

화나게 하는 말

욕 말 줄기

기분 좋게 하는 말

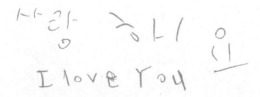

사랑 하니 요
I love you

나도 무엇이 그녀를 화나게 하는 것인지 잘 알고 있다.
그럼에도 불구하고
인간은 알면서도 같은 실수를 반복한다.

오늘 있었던 일을 단어 하나로만 표현하시오.

일

가장 억울했던 일을 적으시오

가장 억울했던 일을

질문에 대한 대답이 시답잖다면
질문이 상대의 취향을 만족시키지 못했거나
질문에 의도가 있었거나 (그걸 걸렸거나)
질문을 풀라고 간접적으로라도 강요했거나
질문을 건넬 때 한창 본인이 재미있는 무언가를
하고 있었다거나.

그냥 질문이 재미가 없어서 그런 걸 거야.
더 노력할게.

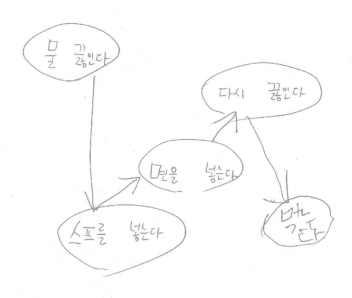

라면 끓이는 순서를
알맞게 배열하시오.

물 끓인다

다시 끓인다

면을 넣는다

스프를 넣는다

먹는다

스스로 할 수 있는 최소한의 생존법을 가르쳐 주고 싶었다.

28

다음은 〈유브이〉의 노래 중에 나오는 가사입니다.
알맞은 말을 적으시오.

청소년은 (디 ㅋ 공원)

노인들은 (이응 노 원)

아이들은 (유 치원)

우리들은 (기 태원)

잊지마 둘만의 첫 밤바다.

#2jjima
#너와함께걷고싶다
#이바다를너와함께걷고싶어

우리 엄마한테 뭐라고 하지 마세요!

#2jjima
#잊지마나도우리아빠야
#나살짝쫄았다
#항상그렇게엄마를지켜주렴

잊지마 오늘 어버이날이다!

#2jjima
#저기요아드님

야 잊지마 어버이날이라고!

#2jjima
#저기요아드님
#날이저물고있어요
#엄마도패싱

잊지마 넌 껌딱지였다.

#2jjima
#그럼나는껌
#민하바지입은것임

친구

좋은 친구는 노력한다고 생기는 게 아니더라.

운명이더라.

잊지마 우리가 붕어빵이래.

#2jjima
#아빠랑똑같이생겼네
#라고누군가말하면급시무룩해짐
#미안하다임마

이유

가끔 네가 나에게 기대어 줄 때면
마음이 편안해져.

내가 살아야 할 이유가 분명해지는 것만 같아서.

29

당신은 비밀이 있습니까?

네 금고 비밀번
호가 있습니다

그래도 금고 번호 가리면서 누를 때는
조금 서운하더라.

치킨 가게 이름을
아는 대로 적으시오.

(열 개 이상이면 통과.)

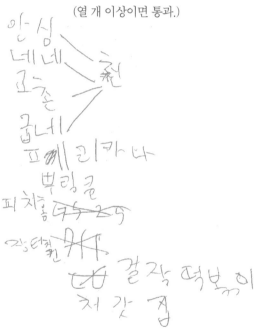

다른 문제보다 더 신나게 답을 적는 너를 보면서
퀴즈를 내는 보람을 느꼈다.

유튜브의 장점 세 개와
단점 세 개를 적으시오.

장-
점

볼 수 있다

정보

이스터에그

단점-

와이파이

댓글(로그인)

광고

유튜브가 갖고 있는 또 다른 단면인
〈유해성〉을 생각하고 만든 퀴즈인데
본인이 사용하는 데 불편한 단점을 적어 놨네.
아, 이 새끼 천재 새끼 내 새끼.

빈칸에 알맞은 말을 넣으시오.

친구들은 가끔 (기침) 한다.

엄마는 항상 (걱정하신다).

아빠는 아침마다 (팬티).

할머니는 (바느질) 를 잘하신다.

나는 (싫은 거) 가 싫고,

(좋은 거) 가 좋다.

맞아,
좋은 게 좋은 거고
싫은 게 싫은 거지.

세상에서 가장 빠른 것은?

우주 팽창 속도
빛·빛=속 발 = 3거초=4
뜨바력

세상에서 가장 느린 것은?

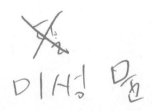

미성 말

세상에서 제일 빠른 것은 너의 하교.

세상에서 제일 느린 것은 너의 주말.

우리 몸에 있는 것 중에
한 글자로만 된 것을
열 가지 이상 쓰시오.

(몸속에 있는 것도 가능.)

1. 장
2. 위
3. 코
4. 눈, 털
5. 뒤
6. 입
7. 손
8. 발
9. 이
10. 귀
11. 피

어린이는 못하고
어른만 할 수 있는 것
다섯 가지 이상 적으시오.

1. 술
2. 담배
3. 전자담배
4. 대학
5. ~~퇴학~~
   콧털 뽑기

내가 어른이 되어서 처음으로 슬펐던 순간은
콧털이 삐져나온 걸 처음 본 순간이다.

36

엄마와 연관이 있는 단어에
모두 동그라미를 하시오.

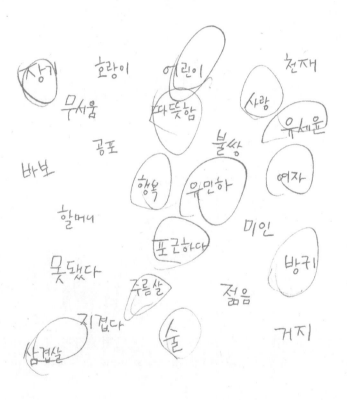

감기 호랑이 어린이 천재
무서움 따뜻함 사랑
유세윤
공포 불쌍
바보 행복 유민하 여자
할머니
미인
포근하다 방귀
못됐다
주름살 젊음
지겹다 술 거지
삼겹살

먼저 마음을 꺼내서 보여 주지 않는다면
내가 먼저 여러 가지 마음을 함께 꺼내서 보여 주어요.
비록 나쁜 마음일지라도 모두 꺼내어 놓고
함께 마음을 나누어요.
함께 이야기를 나누어 보자고요.

잊지마 그런 너의 허세와 당당함.

#2jjima
#이마로돌림
#전문용어로스피너

잊지마 너의 그런 센스.

#2jjima
#noonayubo
#어디서이런센스를
#엄마가누구니

잊지마 쮸쮸는 엄마가 먹여 주셨단다.

#2jjima
#둘다진짜어리다

잊지마 난 여기서는 좀 아닌 거 같다고
분명히 얘기했다.

#2jjima
#스키장아님
#집근처임

잊지마 삶은 전쟁이란다.
그리고 그 어떤 일이 있어도 나는 네 편이란다.

#2jjima
#엄마가제일선임이야
#나이도포스도

악플은 보지 말자

좋은 책을 읽으면 나도 모르는 새 좋은 사람이 되고

나쁜 책을 읽으면 나도 모르는 새 나쁜 사람이 된다.

그러니 제발 아무리 멘탈이 강하더라도

악플은 보지 말자.

당신도 모르는 사이 악마로 변해 있을 수 있다.

좋은 충고와 조언은

당신을 진정으로 사랑하는 사람들이 해줄 것이다.

그들이 말해 줘도 짜증은 나긴 나징.

잇지마 엄마가 코를 찡긋하면.

#2jjima
#조기교육
#설날준비
#화투공부

그러다 보면

나의 하루를 오직 나를 사랑하는 사람들을 위한 하루로
만들어 보자.

그러다 보면

그럼 마음이 편안~~~~해지고

욕구 불만이 가득~~~~해진다.

알맞은 단어를 넣어서 문장을 완성하시오.

민하야!

아빠가 (엄마) 만큼 사랑해.

(오두산)는 날까지

영원히 민하를 (지켜)줄게

아빠는 민하가 그저 (행복)하기만을 바란단다.

이로써
나의 바람은
너와 나의 바람이 되었다.
모두 죽는 날이 아닌
모두 〈사는〉 날까지.

가장 기분 좋은 말 베스트 3?

1. ㅋㅋㅋ

2. ㅋㅋ

3. ㅋ

가장 싫은 말 베스트 3?

1. ㅠㅠ ㅠ

2. ㅠ ㅠ

3. ㅠ

반박 불가라서 화가 난다. 화가 나.

그러고 보면 세상 참 많이 바뀌었죠, 그죠?

39

<크리스마스>로 오행시 만들기.

크 : 크~~리스~~ 크 ~~래쉬~~ 크롱 은

리 : 리~~에이스~~아 리 바~~일드리~~ 바운드

스 : 스 ~~에스~~ 스 페이 ~~ㅇ~~스

마 : 마~~ㅅ~~ 마 스 ~~피터~~

스 : ~~X~~ 트 페 이스 크 리 스 마스

<산타>로 이행시 짓기.

산 : 산 이 ~~도~~ 다

타 : 타 자 설 매를

나도 내 어린 시절이 기억난다.
감히 산타의 존재에 대해서 의문을 가질 수가 없었던
내 어린 시절.
조금이라도 산타를 의심하거나 존재의 유무에 대해서
엄마와 논하기라도 하는 날에는 선물이 없을 것만 같았다.
그래서 나는 산타에 대한 믿음을, 믿고 있음을, 더욱 더
강조했고 표현했다.
그러다 보니 오히려 내가 무언가를 숨기는 기분이었다.

갑자기 궁금해진다.
선물을 주는 산타가 아니었다면 나는 그를 믿었을까.

40

다음 중 단어가 섞여 있는 이 안에서
만들어 낼 수 있는 문장을 모두 만드시오.

(혹은 단어도 OK.)

도자기, 태도, 태권도, 뽀뽀해줘, 잘자, 돌개차기도 잘해, 자개랑

사랑해, 자기도 뽀뽀해줘, 안해줘, 희안해

(정답) 경 ㅅ ㅇ ㅠ 해, ㅇ ㄴ ㅇ ㄴ ㅈ ㅂ

ㅂ ㄹ ㄹ ㅇ ㄷ ㄹ

온갖 생각이 뒤섞여 있는 마음 안에서
그래도 그렇다 해도 우린 어떻게든 사랑을 만들어 내야 해.

41

다음 중 무인도에서 평생 살 때 가지고 갈 것
세 가지만 고르시오.

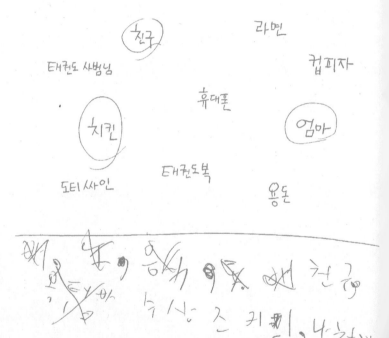

라면

태권도 사범님   컵피자

친구

휴대폰

치킨   엄마

도티 싸인   태권도복

용돈

차마 선택 사항에 〈나〉를 못 넣었다.
그 선택이 너를 괴롭게 하고
그 결과가 나를 괴롭게 할까 봐.

올해 꼭 갖고 싶은 것
다섯 가지 이상 적으시오.

아빠	민하
서핑보드, 낚싯대 자동차 모자 오토바이	이 따라 똑같이 할거리 꼬혼바쁘 컴퓨터

나는
〈아들과 내 이름으로 만든 책〉.

43

살면서 좋은 아이디어를 낸 것
세 가지 이상 적으시오.

살면서 좋은아이
디어낸 것 3가지이상

에라이
이녀석아

귀찮으면 안 해도 돼.

잊지마 이 총알이 니 몸에 닿는 순간
받아쓰기 20문제야. 이건 니가 시작한
게임이니 나도 어쩔 수가 없다.

#2jjima
#총알잘보이지
#아빠와아들

잊지마 사나운 동물을 마주쳤을 땐
당황하지 말고 눈을 마주치며 조심스레
뒷걸음질 치다가
아니다 혼자 어디 댕기지 마 임마.

#2jjima
#집이최고야
#세상은정글

#2jjima

나는 다섯 살 이전의 기억이 없다.
하지만 민하가 태어나고
민하는 나에게 내가 기억하지
못하는 과거를 보여 주었다.
그렇다면 나는 너에게 미래를
보여 주어야 하는데…… 미안.

#2jjima
#소시지빵사줄게

잊지마 행복은 순식간에 지나가는 것이란다.

#2jjima
#그순식간열라많이만들어줄게
#자다가오줌싼다
#5초만에꺼짐

창의력이란

사랑받기 위해 쓰는 게 아닌
사랑하기 위해 쓰는 것.

잊지마 집에서 하루 종일 게임만 하면
몸이 나처럼 변한단다.

#2jjima
#갑자기뛰어들어가더니책읽음
#반인반수
#웰시코기

캠핑장에서

캠핑을 하면
〈삶이 원래 이렇게 단순한 거였구나〉라는 생각이 든다.
먹고 먹을 준비하고 이야기하고 자고 먹을 준비하고
먹고 이야기하고 자고.
단순해지니까 고민도 단순해진다.
나는 왜 그것들을 고민했을까 의문이 들기도 한다.
나는 지금도 이렇게 살아가고 있는데
어떻게 살아야 할까를 고민한 내가 무색하다.
강물도 이유 없이 흐르고 바람도 목적 없이 불었구나.
새벽녘에 들리는 텐트 지퍼 소리가 좋다.
아이들의 목소리가 선명히 들려서 좋다.
아집에가고싶……

44

엄마가 기분 좋아지는 말
세 가지 이상 쓰시오!

1. 사랑해요
2. 감사합니다
3. 친절한 마디로
   말 할 때

(좀 더 자세하게! 한 개만.)

오늘 나쁜 하루되지 마세
요!

1. 여보, 나랑 살아 줘서 고마워요.
2. 여보, 나 때문에 고생이 많아요.
3. 여보, 어제 입금됐어.

당신은 대학교를 갈 것입니까?

네

그 이유는 무엇입니까?

걱업을갓기위해서

여기에 여러분의 대답을 적어 보세요.

저도 문제를 내면서 내 자신한테 묻곤 합니다.

저조차 한 번도 생각해 보지 않은 것들이 있으니까요.

여러분의 손 글씨로 같이 놀아 주세요.

글씨에는 마음이 담깁니다.

여기에 적고 사진 찍어서 인증해 주면 좋겠……

에이, 아닙니다.

대신 저 태그만 좀 해주세요

46

아빠가 해준 이야기 중에
베스트 5위를 적으시오.

1위 - 화생방

2위 - 돈 전
3위 - 군대 모
4위 - 우르기
5위 - TV

나는 민하와 잠들기 전에 함께 누워서 재밌는 얘기를 한다.
처음에는 민하가 침대에 누워도 뒤척거리고 잠이 잘 들지
않아서 시작했는데 이제는 거의 일상이 되었다.
하지만 이때가 내 하루에서 가장 행복한 시간이다.
처음에는 무턱대고 〈누워서 재밌는 얘기 해줄게!〉라고
말하고는 일단 함께 누웠다.
하지만 막상 어떤 재밌는 얘기를 해야 하는 건지 갈피가
잡히지 않았다. 그래서 민하에게 아빠의 언제 적에 있었던
이야기가 듣고 싶은지 정하라고 했다.

민하는 여러 가지 구체적인 나이대와 시간대별로 마구
주문했다.
「아빠 다섯 살 때요.」
「아빠 고등학생 때요.」
「아빠 군대 있을 때요.」
「아빠가 나랑 같은 나이일 때요.」
막힘없이 아이가 주문하는데, 신기하게도 나 역시 막힘없이
그때의 이야기들이 술술 나오기 시작했다.

아이가 재밌어할지 아닐지 생각할 겨를 없이 그냥 그때그때 떠오르는 대로 이야기해 주었다. 다행히도 민하는 굉장히 관심 있게 듣기 시작했고 무척이나 행복해했다.

나도 내 어린 시절 이야기를 잠자리에 누워서 내 아이에게 들려줄 수 있다니 너무나 행복했다.

「그럼 그때 아빠 울었어요?」

「아이, 아무리 그래도 그건 좀 아니다.」

「이 얘기 엄마도 알고 있어요?」

민하는 내 어린 시절을 자기 지금 그대로의 감성으로 공감해 주기도 하고 비평해 주기도 했다.

웃음도 놓치지 않았다. 이래 봬도 아빠는 예능인이니까.

각종 슬랩스틱 코미디와 효과음뿐 아니라 등장인물들의 흉내와 성대모사 연기에 열과 성을 다했다.

아들이 배꼽 잡고 〈아아악〉 할 정도로 웃을 때면, 아내가 방으로 뛰어와 〈무슨 일이야? 이 밤에 대체!〉 하며 질투를 하고는 했다.

하루하루 지날수록 이야기의 장르도 다양해졌고 카테고리도
넓어졌다.
하루는 장소를 정해서 이야기하기.
「부산이요.」
「발리요.」
「나랑 일본 갔을 때요.」
「일산이요.」
또 하루는 인물을 정해서 이야기하기.
「김종국 삼촌이요.」
「홍삼 삼촌이요.」
「엄마 이야기요. 근데 아빠랑 결혼하기 전이요.」

휴대폰도 보지 않고 텔레비전도 보지 않고 함께 천장을
바라보며 이야기하는 것이 이렇게 행복할 수도 있구나.
지금까지 난 이 시간에 무얼 했지.
다음엔 내가 초등학생일 때 내 방 천장에 붙여 놓았던
야광 별을 붙여 놓아야지!
별 보며 이야기하면 더 재미나겠다. 아직 문방구에서 파려나?

한번은 민하가 잠이 들었을 만한 애매한 시간에 집에 도착한
적이 있다. 이미 잠이 들었으려나 하고 아이의 방문을 여는데,
민하가 어둠 속에서 벌떡 일어나며 말했다.
「왜 이제야 왔어요! 내가 얼마나 기다렸는데.」
나는 눙물이…… 힝힝…….
왜 전에는 이렇게 해주지 못했을까.
「얼른 재밌는 얘기를 해주세요.」
그동안 내가 채워주지 못하고 나무라기만 했던 시간들이
무척이나 미안했다.
유튜브 좀 그만 봐라.
텔레비전 그만 봐라.
일찍 자라.
나가서 좀 놀아라.

노는 방법도 가르쳐 주지 않은 채 왜 놀지 못하냐고 나무랐던
나였다.
너의 재미에 다가가려 하지 않고
너의 재미에 시늉만 하고…….

그것도 귀찮으면 내가 재밌는 것에
이건 재밌는 거라고 세뇌시키려고도 했다.

이제는 아주 작은 놀이도 집중해서 한다.
집중해 보니 참 재미있다.
병뚜껑 알까기 놀이만으로도 한 시간은 놀 수 있다.
고스톱도 있고 호텔왕 게임도 있다. (호텔왕 게임은 6년째
하는 중이다.)
장기는 나보다 잘 두고 엄마보다는 못 둔다.
명절에 할머니만 만나면 윷놀이를 하자고 조른다.
놀이터에서도 집중해서 논다. 어떻게든 무얼 하든 재미를
찾는다.

아이들은 당신이 함께 신나게 놀고 있는 건지
아니면 그저 부모로서 놀아 주는 건지 다 알고 있다.
이제는 〈누워서 하는 재밌는 얘기〉가 소재가 떨어질 만도
한데, 그래도 아직 주문이 들어오면 적어도 막히지는 않는다.

보통 재밌는 이야기를 세 개 정도 해주고 잠이 드는데,
얘기가 민하의 성에 차지 않으면 〈이건 개수로 안
칠게요〉라고 아주 친절히 말해 준다. (웃을랑 말랑 정도.)

가끔은 민하의 이야기도 듣는다.
「내가 재밌는 이야기 세 개 해줄게. 넌 오늘 학교에서 있었던
일 하나만 얘기해 줘. 재미없는 얘기라도 괜찮아. 그냥 있었던
일이면 돼.」
「오늘은 지금까지 있었던 일 중에 가장 황당했던 이야기를
할까? 내가 세 개 해줄게. 넌 하나만 해줘.」
나는 아이와 함께 천장을 바라보고 그제서야 내가 몰랐던
진짜 내 아들을 알기 시작했다.

정말 신기한 것은 내가 해준 이야기를 민하가 그대로 다
기억하고 있다는 것이다.
언젠가 캠핑장에 갔을 때였다.
「어? 여기 내가 나온 군부대 근처인데.」
「그럼 여기가 아빠 화생방 훈련할 때 발 동동 구르면서

살려 달라고 한 곳이에요?」

「어? 너 그거 어떻게 알어?」

「아빠가 누워서 얘기해 줬잖아요.」

소재가 더 떨어지기 전에, 다음에 우리 엄마 집에 가게 되면
엄마에게 내 어린 시절을 더 물어봐야겠다.

이야기는 이야기를 낳는다.

쓰 기
3-1

쓰 기
3-1

생활의 길잡이
4 - 1

쓰 기
5 - 2

❀ 자기가 좋아하는 동물을 생각하여 봅시다. 그
　리고 그 동물의 크기, 생김새, 색깔, 좋은 점
　등에 대하여 간단하게 써 봅시다.

　　　좋아하는 동물 : 강아지

(크기)
　내 엉덩이만 하다

(생김새)
　네다리, 눈, 코, 입
　그러, 털을 가지고있다

(색깔)
　갈똥 색 등
　검은색 등

(좋은 점)
　귀엽고 거름이 되는
　똥을 너서좋다

❀ 자기가 좋아하는 동물에 대하여 설명하는 글을
　써 봅시다.
　내가만약 강아지를 갖게된다면
　이름 푸치라고 짓고 "휘어이"하면
　오게 훈련시키고 좋은점은 눈이
　있어서 듣고 크릏어리울 중계하여
　(개)경기 대회 나갈수 있어서 좋다.

31

❧ '비'에 대한 생각이나 느낌을 정리하여 동시를 지어 봅시다.

비

비가 비가 떨어지면
한남자
나타나네

그사람 나의사람
비의 고독한남자

나의친구 한남자
나의비 내친구

모두들 춤을추네
내 친구도 춤을추네

❧ 지은 동시를 발표하여 봅시다.

67

❀ 여름 방학 동안에 하고 싶은 일을 글로 써 봅
시다.

캠 핑
여름 방학 때 효도에 가는데
4박 5일 있는다. 밥에 잘때
2학년 때 처럼 선생님 얼굴
에다 '내 종각 찾아 주우'
라고 쓸 것이다.
그리고 선생님 한테 화내게
뻔하지만 선생님의 착각으로
지울 못보실수도 있다.
또 배 타고 돌아가기 전에
낚시 대를 만들어 고기를 잡
을 것이다. 그러니 캠핑
가기 전에 칼, 실, 바늘 를 준비
해가야 한다.
즐거운 날이 될것이다

◈ 다음 질문을 생각해 보고, 글로 써 봅시다.

여러분은 장차 우리 나라가 어떤 나라로 발전되었으면 좋겠다고 생각합니까? 그리고 그런 나라가 되기 위해서는 특히 어떤 점에 노력을 기울여야 한다고 생각합니까?

자동이 많은나라 기계공학과 에
들어 까세히 공부해서
과학자가 많아야한다
나의꿈도과학자이다.
나도 열심히 공부해서
과학자가 될것이다

유 박사님

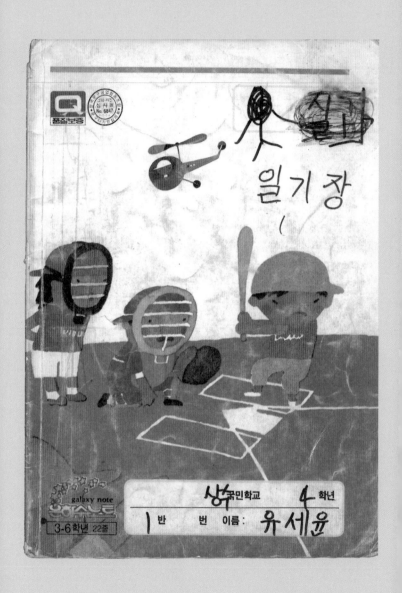

꿈과 보람

교훈

슬기로운 어린이

바르며

참 되고

1990오긴 ... 1990...

우의 유세훈

19 **10**년 **7**월 **18**일 **일**요일   날씨(**맑음**)

주 제	여 행

엄마 몰래 자전거를 타고
한신코아 까지 갔었다.
6단지 에서 한신코아 까지는
먼 것일까? 그래서 엄마 한테
혼났다. 왜? 커서 그런데
가래. 나도 정말 이렇게
멀리 가본적은 없었지. 다음 에도
몰래 가 볼까?

                       7/18에

(너무 조금 썼죠?) 그래.

방송 기록		

1990년 3월 25일 일요일 날씨(맑음)
주제	나는 정말·····!

씽! 난 왜 이러지. 갑자기 내가 사냥
을 안가고 싶어 졌더니 말야 또 세진
이란 누나는 좋겠다 자 전거를 기아가
달린 걸로 사고 말야 두고 봐 나는
이런 자전거 살꺼니까.   (때문)

(① 멋지고)
(② 착착섭고)
(③ 시장 봐을때)

히히 얼마나 좋아 내 그림 실력
이 없어서 그렇지 진짜는 더 멋져.

3/6에 ♭

방송 기록	

19○○년 4월 3일 화요일 날씨(흐림)

주제   미술

미술에서 야외에 나가서 그렸다.
정말로 추웠다. 우리는 들어와서
떡볶이를 주셨다. 정말 맛있었다.
그런데 어떤형은 내가 싫어하는
양파도 싫어있는데 그것까지
먹었다. 어떻게 그걸 먹지?
정말 굉장해.

4/4 개

방송 기록		

19 9 0 년 4 월 7 일 토 요일   날씨(비)

| 주 제 | 일기 |

일기는 왜쓸까? 쓰기 싫어서
하는 말은 아니다. 또 선생님이
검사 하시는 것이싫다. 이유는
일기는 남이 보는것이 아닌 데 말이다.
일기는 언제 만들어 졌으며 일검사는
언제 부터 하게 된 것일까?
'이제는 이만큼 써야지' 하면 곤란하지
아뭏든 나는 진짜 일기장을 만들자

4/9씨

| 방송
기록 | | |

1990년 4월 8일 일요일 날씨(바람불었다 따뜻함

| 주제 | 내가 괴짜여요? |

내가 괴짜래. 우리 엄마가 말이야.

내가 정말 괴짜 일까?

오늘밤에 아버지 한테 된통 혼났다.

만원권을 감춰서 아직도 무섭다.

어이구 무서워라. 소름께쳐. 빨리 쓰고

자자 만원권 감출게 뭐가. 흥!

4/9火

| 방송
기록 | | |

19 **90**년 **4**월 **19**일 **목**요일 날씨(**맑음**)

주제	공부

공부가 다 뭐야?

나는 공부가 싫어. 괙라는 것이

없어도 잘 살수 있지. 어떻게?

그건 일기속에서도 비밀!

아뭏든 우리도 대모할까?

아빠도, 엄마도 다 해 봤다는데)

에이, 오빤은 참고 대학가서

통쾌 하게 해봐야지

난 공부가 싫어!

4/20에 ⓑ

방송 기록		

19 **90**년 6 월 15일 금 요일   날씨 (   )

주 제	

공부

우리엄마의 친구 달들이
우리 집에서 공부를 했다.
나는 부끄러워서 잘하는 척
했다. 공부끝날 때 쯤
저까지자로니를 먹었다.
그애들도 4학년이라서
. . . . .

아뭏든 오늘 부끄러웠
다니깐! 6/16서

방송 기록		

19 90년 6월 16일 토요일 날씨(맑음)

주 제	공 부

오 번 공부는 정식 이라는
내친구 와 함께 공부를 했다
정식이는 공 부를 인생으로
생각 하고 여기사
자 겠다 고 했다
나는 말리지 않았다.
우리는 공 부를 다하고
조금 놀았다.
그리고는 잘려하니
정식이 의 팬티가
너무 컸었 있다.
내 팬티도 저런 팬티
라면 …‥

6/20까 #.

19 90 년 6 월 24 일 일 요일 날씨(비)

주제   잔소리

오늘은 잔소리가 많았다.
공부해라, 가만히좀 있어다.
등 별의별 잔소리가
다 나왔다.
나는 잔소리를 들으면
화가 난다. 아빠한테
들어보니 그건 (욧세)유전
이라고 말했다.
그래도 나는 그버릇 얼른
고재야지. 4시개ㅇ

방송
기록

19 90년 7월 5일 목요일 날씨(맑음)

주제   머리

학원을 갔다가 오는데
엄마를 만나 머리를
파마 했다 처음에는 너무
근실 거려서 싫었는데
미용사 어떻 거 하니까
내 마음에 딱 맞게
되 있다. 3학년 때는
너무 근실 거려서..
                7/5 m ✓

방송
기록

19 9 0년 8월 24일 굼요일 날씨(맑음)

주 제	길 잃은 강아지.

길잃은 강아지를 보아서 주인
을 찾았는데 없어서 할
수 없이 우리 집으로 데려와
목욕 해 주고 자는 중이다.
자는 모습도 너무후 귀엽다.
내일은   신문사에서 좀써
달라고 할참이다.

방송 기록		

19 91 년 10 월 21 일 월요일 날씨(맑음)

주제	통지표

교에서 통지표를 나눠주었다 어떻게
된 일인지 18개나 틀려 있었다.
집에선 맞춰 볼 때 11개 였는데 예상이
확 자이 났나가 버린것이다.
아빠께서 통지표를 보시며 버럭
소리를 지르셨다. "야 임마, TV를 생
각 말어이' 난 기분이 안 짱았다.
트리개스 때문이 아니었다. 컴퓨터
통지로 시험을 보면 꼭더 틀려서
나오는 것이 정말 기분이 언 짢았다.

방송 기록	

19 91 년 12월 4일 수요일 날씨(맑음)

주 제	

엄마께서 김장을 하셔서 우리는 저녁을
시켜먹으라고 할때 였다.
" 에이~ 난그냥라면 먹을꺼야? "
아빠가 말씀하셨다.
엄마께서는그말을듣고 은근히 화가나셨다
그릇과힘이못자라서 어지 밥이없어서
시켜먹는건아니였기때문이었다.
엄마께선 화를벌컥내시며 밥을지으셨다
엄마의마음을 모르는 아빠한테 나도
은근이 화가났다

19 9 2 년 1 2 월 7 일 화 요일 날씨(맑음)

주 제	포 경 수 술

~~끝~~ 무서운 포경수술을했다. 그래도 별로아프진

않았지만 오줌 싸는게 걱정이었다. 싸면

이쪽으로 저쪽으로 싸 면 2발,3발 로나간다.

걱정이었다. 그래서 나는 종이를 돌돌 말아

이렇게 안들었다.

이렇게 해서

오줌문제는 해 결 됬지 만

9 일날 가 는 것 이문제다.!!

방송 기록		

19 12 년 3 월 12 일 목 요일 날씨 (맑음)

주 제 | 합성사진

학교에서모자이크를할때 잡지에서 몸, 얼굴을
따로잘라내 서로붙이까 못겨서웃고있는데
선생님이 불러내셔서 압수당했다.
밖에서 모여서 모자이크를 할 때도 했는데
너무웃긴작품이라서 집에가져왔다.
내용은 대강이렇다. 할아버지 얼굴을 잘라
아동복 선전하는데에 다가 척 붙이니
우하하히로하양 지뭐
지금도만들어야 겠어양 대신에양 학교에는
가져 가지말고 있어야지.
학교에가져가서 아이들한테 보여주면
정신 혼란??

방송
기록 |

199ㄴ 년 4 월 24 일 금 요일 날씨(맑음)

주 제	알았어요

오늘 엄마께 일기를 너무안쓴다고 혼났다.

또, 다음줄을 감이 집어넣는다고.

쯧, 알았어요엄마, 알겠다고요. 난 별로

4월, 오빈달까지는 매일 일기를 써야한다.

으앙~ 엉! 도대체 일기는 왜 검사 하는거야?

검사한다는 의식 때문에 솔직하게 쓸수가 없어.

아이ㄴ 정말! 으~처음으로 공부가 지겨워 진다.

이상하지? 다른땐 공부가 싫기만 했는데?

아뭏든 나는 일기하고 원수지간이 디~!

후훗. 그래도 엣날일기를 돌아보니 재미있는데?

방송 기록		

사랑하고 싶고 사랑받고 싶다.

언젠가 TV 에서 사랑은 울것 같기도

하고 초조 하기도 한다고 했다.

그럼 난 아직 사랑을 못해 봤거네!

사랑하면 정말 느낌이 어떨까?

정말로 울것 같기도 하고 초조 해 질까?

나는 언제 쯤에 애인이 생길까!

고등학교? 그쯤에?

사랑 이랑 좋아 한다 는 단어는

엄청난 차이가 난다.

사랑 하고 싶다!

내가 세상을 택하고 인생(삶)을 택한 것이 아니라

주어진 생, 던져진 생으로 이왕이면 주어진 생을

의미있게 살아야 하는 것이 인간들의 공통적인

관심사이며 최고의 목표가 되는데 과연 어떤 것이

가장 좋은 것인지는 그 누구도 "이것이다"라고 자신있게

말하기 어려운 문제입니다. 그러나 분명한 것은 현재의

나에게 성실하고 최선을 다하면 앞으로 밝은미래가 기다리고

있다는 것이지요. 이렇게 자기 자신에 충실하면 다른 사람들이

제3자에게 관심과 사랑을 가지게 됩니다.

물론 가까운 미래의 일이지만요.

1992 년 6 월 5 일 금요일 날씨(맑음)

주 제   소설가

커서 소설가나 될까 보다.

아주 출학적인 소설가.   멋지잖아.

원래 꿈은 탤런트지만 내 얼굴 갖고는

무리가 아닐까?

그런데 다시 생각해보니까 소설가도

무리 같은데.

원고지를 200매 쯤은 써야 하잖아.

아유~ 생각만 해도 끔찍하다.

지금 8장 쓰는 것도 쩔쩔 매는데...

어유~ 소름끼쳐. 이 문제는 다시 생각해

봐야겠어.

잊지마 구하기 힘든 한정판 CD보다
니 얼굴이 작았다.

#2jjima
#TO아들에게
#희귀사인본

잊지마 난 항상 니 곁에 있었다.

#2jjima
#온몸을불사름
#나름유행머리였어

잊지마 우리의 하이 파이브!

#2jjima
#아디다스패밀리
#받아주는센스최고

잊지마 뮤지 삼촌 무당 아니다.

#2jjima
#애를보고있긴하니
#옆에기저귀가방

잊지마 넌 내 음악을 참 좋아해 주었단다.

.

.

몇 곡 빼고.

#2jjima
#이번신곡좋아

한마디

「다녀오겠습니다.」

든든하면서도 외로운 말 한마디.

「다녀왔습니다.」

내 모든 긴장이 풀리는 한마디.

잊지마 물고기를 기다리는 것도 낚시야.

#2jjima
#어저쪽잡았나부다
#부럽당
#미끼달았지우리

결혼

결혼이 힘들었던 이유는
그동안 모르고 살았던 내 단점들을 여과 없이 보여 주었기
때문이다.

결혼이 감사한 이유는
아무도 말해 주지 않았던 내 단점들을 알게 해주었기
때문이다.

〈사람〉을 두 종류로 나눠 보시오.

남 : 여

〈사람〉을 세 종류로 나눠 보시오.

신사 시대
역자 시대 ⟩ 에 있 는 사 랑
현 재

가족과 가족이 아닌 사람.

그리고
모르는 사람,
떠나간 사람,
남아 있는 사람.

괄호 안에 적절한 단어를 넣으시오.

살다 보면 (나쁜) 일도 있고 (좋은) 일도 있다.

하지만 우리의 인생에서 가장 중요한 것은 바로

(삶)이다.

〈유민하〉만의 명언을 만들어 보시오.

명언은
교훈 이다.

민하의 사인을 만드시오.

이 책 계약서에 써야 되니까 잘 좀 만들어 봐.

만약 내일부터 아무것도 들을 수 없다면
마지막으로 듣고 싶은 소리는 무엇입니까?

네모 안에 알맞은 말을 쓰시오.

인간의 욕망은  <u>끝</u> 이 없다.

하지만 인간은 <u>욕망</u> 할 수 있다.

자꾸 최신 제품만 나오면 갖고 싶다고 해서 낸 문제인데
내 의도가 들통난 것 같다.
내가 졌다.

민하는 말한다.
「갖고 싶다는 거지, 사달라는 게 아니에요.」

만약 내일부터 말을 못하게 된다면
마지막으로 하고 싶은 말은 무엇입니까?

ㄴ 내일 부터 말 옷
해

만약 당신이 내일부터 아무것도 볼 수 없다면
가장 마지막으로 보고 싶은 것은?

점 와

〈오늘의 퀴즈〉를 하면서 가장 놀라고 가장 많은 걸 깨달은
답이었다.
우습기도 하고 귀엽기도 하지만
민하의 답은 현실을 직시하고 있는 것 같았다.

나의 SNS에서 이 게시물을 보고 어느 한 분이
이런 메시지를 주셨다.

〈저도 마지막에 대한 질문으로 이해하고 받아들였는데,
민하는 오히려 새로이 주어진 상황에 대한 시작으로
받아들이고 있군요. 민하에게 많이 배웁니다.〉

만약 민하가 타임머신을 타고
엄마와 아빠가 결혼하기 전으로 간다면
엄마(27세), 아빠(23세)에게 무슨 말을 할 것인가?

바꾸로 중에 안경끼실거예
요

ㅋㅋㅋㅋㅋㅋㅋㅋㅋㅋㅋㅋㅋㅋㅋㅋㅋㅋㅋㅋㅋㅋㅋㅋㅋ
ㅋㅋㅋㅋㅋㅋㅋㅋㅋㅋㅋㅋㅋㅋㅋㅋㅋㅋㅋㅋㅋㅋㅋㅋㅋ
ㅋㅋㅋㅋㅋㅋㅋㅋㅋㅋㅋㅋㅋㅋㅋㅋ안경 맞춘 날 낸
퀴즈인뎈ㅋㅋㅋㅋㅋㅋㅋㅋㅋㅋㅋㅋㅋㅋㅋㅋㅋㅋㅋㅋㅋㅋ

잊지마 내가 널 귀여워해야 하는 거다.

#2jjima
#앞으로도쭈우욱
#귀여워해주십시오
#예쁜손

잊지마 파도를 기다리는 것도 서핑이야.

#2jjima
#서퍼
#표정좋고

잊지마 나 울프컷도 해봤다.

#2jjima
#유행이었어
#난그래도공개하잖아

잊지마 너 아쿠아리움도 갔었다.

#2jjima
#기억하니
#어디더라

#2jjima

잊지마 선크림은 꼭!
지까지 발라야 한단다.

#2jjima
#유브이차단
#배는왜내밀고있어

맞아

인생은 계획대로 되지 않아.
하지만 방향은 필요해.

남친인 줄.

#2jjima
#엄마와아들
#날떠나

타이밍

오늘도 최선을 다하자.
왜 나는 이 말을 집을 나설 때만 되뇌였을까.
들어갈 때가 아니라.

다음 상황을 어떻게든
긍정적으로 생각해서 적어 보시오.

1. 양치를 제대로 안 해서 엄마한테 혼났다.

내일 하자.

2. 학교를 가다가 돌에 걸려서 넘어졌다.

돌 수 잡해 아징

3. 주말에 친구랑 놀이터에서
놀기로 약속했는데 비가 온다.

우비 입고 나오자

「넌 어떻게 이 상황에서 웃음이 나와?」

긍정적으로 살게 되면 앞으로 많이 듣게 될 말이란다.
그때부터는 〈눈치〉라는 기술이 필요해.
겉으로는 심각해도 속으로는 웃을 수 있는 기술과 함께.

삶은 이기적이어야 해.
네가 먼저 행복해야 한다.

하지만 어떤 경우에도 남의 상처가 네 행복이 되어서는 안 돼.

56

〈감동했다〉라는 말을 넣어서 문장을 만들어 보시오.

아빠가 호텔 왕게 임해줘서 감동 했다.

처음에 뭉클하다가

이 녀석의 〈빅 픽쳐〉인 것만 같아서 등 뒤에 식은땀이 흘렀다.

57

민하가 느껴 본 감정에만
모두 동그라미를 하시오.

그리움 즐거움 미움 좋음

재밌음 분노 실망 황당

당황 증오 슬픔 행복 웃김

사랑 긴장 설렘 두려움

자신감 짜증 미안함 억울함

어이없음 질투 욕심 신남

아직 못 느껴 본 감정들…….
좋은 감정들만 느껴 봤으면 싶다가도
언젠가는 느껴 볼 감정들이라면
미리 그 감정에 대해서 알려 주고 싶다.
너무 놀라지 않게.
처음 느껴 보는 감정에 무너지지 않게.

58

나쁜 말을 다른 말로 바꿔 보시오.

1. 너 재수 없어!

너는 입시 합격이야

2. 미친놈아!

실로폰에서 미를 친 사람아!

3. 넌 참 못생겼구나.

망치사면 좋겠다!

나는 민하에게 욕을 알려 주고 싶다. (이미 알고 있는
듯하지만.)
그래서 욕에도 예절이 있다는 것과 욕의 올바른 사용법도
알려 주고 싶다.
물론 안 하는 게 제일 좋겠지만 알려 주지도 않고,
욕을 한다고 해서 무조건 혼내고 싶지는 않다.

나도 욕을 한다.
욕으로 웃기기도 하고
때로는 친구들과의 친근감을 욕으로 표현하기도 하고
화를 드러내기도 한다.

하지만 욕은 언제 누구에게 써야 하는지 제대로 알아야 좋은
무기가 될 수 있다.
그래도 무기는 꺼내 놓는 게 아니란다.

괄호 안에 원하는 말을 넣어
시를 완성하시오.

제목 : 괜찮아

지은이 : 유세윤, (유명)

괜찮아,
나는 (억드름)가 있으니까.

괜찮아,
나는 (유기)가 없으니까.

괜찮아,
어차피 인생은 (냉정) 하니까.
난 그냥 이대로 (태평) 하게 살면 돼.
괜찮아.

이렇게
나와 아이의 공동 작시가
완성되었다.

다음은 아빠가 하기 싫어도 하는 것들입니다.
하기 싫어도 하는 이유를 적으시오.

1. 몸이 아픈 날 일하러 가기.

(이유: 살려고   )

2. 쓰레기 분리수거 및 설거지.

(이유: 드럽지 말라고   )

3. 기분이 나쁜 날 방송에서 웃기.

(이유: 분위기 살리고, ~~웃~~)
      평점때문에.

삶은 왜 이리
하기 싫은데 해야 하는 것들과
하고 싶은데 하지 못하는 것들 투성일까.
신은 세상을 왜 이렇게 만드셨을까.
평점 때문에?

잊지마 우리 집에 수영장 있었다.

#2jjima
#부잣집
#풀장이세개나있어

잊지마 이건 쮸쮸 아니고 내 엉덩이다!

#2jjima
#너가행복하다면야

잊지마 난 분명히 혀도
깨끗이 닦아야 된다고 말했다.

#2jjima
#혀가꽃봉오리같음

잊지마 난 분명히 미안하다고 했다.

#2jjima
#억센손아귀
#표정으로이미한대침

잊지마 내가 너보다 입 훨씬 크다.

#2jjima
#걸려들었어
#쪽

도대체

멋진 인생이란

남에게 상처 주지 않는 범위에서 내 행복을 찾는 것.

인생이 어려운 것은

내 행복이 남에게 상처를 줄 때야.

도대체 어쩌라는 걸까······.

잊지마 영어는 자신감이야!

#2jjima
#R2D2
#starwars
#나름영어로대화중

실수

어른들만 보이는 아이들의 실수가 있고

아이들만 보이는 어른들의 실수가 있어.

내 실수 보이면 좀 알려줘.

집에 혼자 있을 때,
책도 없고 TV도 없고 휴대폰도 없을 때 놀 수 있는
방법은?

나 간 다.

아니야.

아빠가 일찍 들어올게.

요즘은 나가도 친구들이 없더라.

만약 당신이 여자라면 무엇이 되고 싶습니까?

수학자.

최악의 질문이다.

남자로 태어나든

여자로 태어나든

꿈이 바뀌는 게 아닌데.

63

민하가 생각하는 가장 무서운 것은?

엄마가
화나서
혼드

나둔데……

초등학교 1학년 때, 교실에서 너무 많이 떠들고 장난을 쳐서
복도로 쫓겨나 무릎 꿇고 손 들고 벌을 선 적이 있다. (지금은
이런 체벌이 없겠지만 그땐 흔한 체벌이었다.)

선생님은 한 시간이 지난 뒤 복도로 나와서 벌서고 있는
나에게 물어보았다.

「너 앞으로 또 떠들 거야, 안 떠들 거야?」

나는 그때의 내 생각이 아직도 생생하게 기억이 난다.
나는 초등학교 1학년, 즉 여덟 살이었다.
이제 8년을 살았고 당시 인간의 평균 수명은 여든 살이라
들었는데 나는 〈앞으로〉 72년 정도를 더 살아야 했다.
그렇다면 나는 아무리 노력한다 하더라도 72년 안에 분명히
또 떠들 것이라고 생각했다.
적어도 열 번 이상은, 아니 꽤나 많이, 남은 72년 동안 나는
그럴 것만 같았다. 분명히 또 떠들 것만 같았다.

「앞으로 또 떠들 거 같은데요.」

나는 이렇게 대답했다.
선생님에게 거짓말하기는 싫었다. 아니, 거짓말이 가장 나쁜
행동이라고 배웠기 때문이다.

「그럼 그냥 계속 손 들고 있어.」

또다시 한 시간이 지나고 선생님이 와서 다시 물었다.

「앞으로 또 떠들 거니, 안 떠들거니?」
「저는요……. 아마도…… 또 떠들 거 같은데요…….」

나는 눈물을 뚝뚝 흘리며 말했다.
팔이 너무 아팠다.
그럼에도 〈앞으로 안 떠들게요〉라는 거짓말을 해야 한다는
것을 당시에는 상상도 하지 못했다.
내 대답에 한숨 쉬며 돌아서는 선생님을 나는 이해할 수가

없었다. 야속했다.

그리고 학교에 엄마가 불려 왔다. 이후로는 기억이 나지
않는다.

나는 그때보다 더 세월이 훨씬 흐르고 나서야 〈앞으로〉의
의미를 알았고, 선생님이 〈원하는〉 대답이 무엇이었는지
깨달았다.

〈알았어, 몰랐어〉가 내가 이해했는지 유무를 알아보려 하는
게 아니었음을.
〈두 번 다시 또 그럴 거야, 안 그럴 거야〉가 내 행동의
가능성을 예상해 보는 게 아니었음을.

어른들이 원하는 눈치는 생각보다 빨리 익혀지지 않았다.
어른들의 언어는 생각보다 빨리 익혀지지 않았다.

오늘 아침, 늦잠 때문에 늑장 부리는 아들 녀석과 아내가
한바탕 소동을 일으켰다. 매일 아침 반복되는 아이의 늑장에

아내는 호랑이로 변해 있었다. 민하가 팬티만 입은 채로 서서 거실 바닥에 눈물을 뚝뚝 흘렸다.

「똑바로 안 서! 대체 엄마가 언제까지 아침마다 이렇게 다 해줘야 해? 깨워도 잘 일어나지도 않고! 일어나도 짜증 내면서 일어나고! 알람을 맞춰 놔도 못 일어나고! 책가방도 엄마가 다 싸주지? 네가 혼자 책가방 준비한 적 있어? 매일 아침 이게 뭐냐고 대체!」

오래간만에 아내의 샤우팅을 들으니 내가 지릴 것만 같았다.

「두 번 다시 이런 일 있어? 없어?」
「……」

민하는 대답하지 못했다.

「두 번 다시 이런 일 있냐고 없냐고! 대답 안 해?」
「그게…… 흑…… 껴꺽…….」

민하는 꺼이꺼이 울기 시작했다.
지금 민하의 마음을, 민하의 생각을 나는 알 수 있다.

민하는 아마 〈두 번 다시〉 이런 일이 있을 거 같다고 생각했을
것이다. (내가 어릴 적보다 인간의 수명도 늘어났으니 가능성
또한 더 커졌다.)

울고 있는 민하를 안아 주러 다가가려다가 아내의 〈쓰읍〉
하는 소리에 돌아섰다.

지금 이 순간, 당신이 생각나는 단어 다섯 개 이상
아무거나 적으시오.
(반복되는 단어 금지.)

지금이 순간

아 범 처럼

파 이썬

삼 성

애 플

야! 1번과 2번이 왜 반복되는 느낌이냐.

우울한 친구가 힘을 낼 수 있는 말을 쓰시오.

경험 이라 생 각 해, 다시 기분 풀어

우왕! 그럴게. 선배님 아니 아들아! 사랑해.

#2jjima

잊지마 내가 너 살려 줬다.

#2jjima
#방금까지어푸어푸
#내가끄집어냄

잊지마 내가 너 살려 줬다고.

#2jjima
#또어푸어푸
#또끄집어냄

잊지마 내가 너 살려 줬다니까.

#2jjima
#끄어엉차
#이제길쭉해짐

잊지마 난 그래도 대화로 해결하려고 했다.

#2jjima
#변함없는표정
#한손으로잡음

잊지마 나 홍진영 이모랑 콜라보도 했었다.

#2jjima
#이태원배터리
#홍진영
#당시트로트차트1위

작은 조언

너에게 늘 상처 주는 친구가 있다면

시원하게 놓아 버려.

이해하고 안아 주려다 미움만 커질 테니까.

#2jjima

잊지마 내가 너 코러스도 해줬다.

#2jjima
#내가제일사랑하는우리아빠
#엄마에게말하지말랬어
#엄마바가지돈타령숨이막혀
#따라하다가울컥함

시간 낭비

〈어떻게 살아야 하나〉라는 고민으로
오늘 하루도 그냥 보내 버렸다.

〈테디〉를 기를 때의 장점을 적어서
나를 설득시키시오.

1. 아빠 출했을 때 아빠 대신 놀
수 있다.
2. 집에 나혼 자 있 을 때 외롭 지않다
3. 우울할 때 심 리치료 가 된 다.
4. 천구도 좋아 한다.
5. 키우는 데 자존감 이생 긴다
성취 감

우리 집에서 잠시 〈테디〉라는 강아지를 맡았다.

지인의 강아지인데, 그 친구는 혼자 살고 일 때문에 집에도

늦게 들어가기에 우리 집에 자주 맡겼다. 그렇게 테디는 우리

집으로 오곤 했다.

하지만 나는 동물을 별로 좋아하지 않는다.

동물을 다루는 법도 모르고 사랑하는 법도 모르기에

동물에게 상처를 줄 바에야, 안 좋아하고 안 기르는 것이

낫다는 생각이었다.

한번은 테디를 혼낸 적이 있다.

테디가 나나 아내에게는 그러지 않는데 유독 민하의 발을

깨물고 민하에게만 달려들어 무는 것 같았다.

「테디!! 깨물지 말라고 했지!」

민하의 바지를 물고 잡아당기는 테디를 밀어내며 내가

소리쳤다.

「아빠, 테디한테 왜 그러세요!」

「응? 아니 테디가 너를 무시하는 것 같아서…….」

「테디는 내가 좋아서 그러는 거 같은데 왜 그러세요? 그렇게

안 해도 테디는 다 알아들어요!」

처음이었다.
민하가 나에게 이렇게 큰소리치며 얘기한 것이.
민하가 나에게 이렇게 대들 듯이 얘기한 건 정말 처음이었다.
그런데 오히려 기분이 좋았다.
테디를 자기 동생처럼 여기며 큰소리 내어 누군가를 지켜
주려는 모습이 참 듬직해 보였다.

우리는 테디를 입양했다.
이제 나는 더 이상 테디에게 소리치지 않는다.
테디는 우리 가족이 되었다. 테디가 나에게 기대어 쉴 때면
민하가 나를 꼭 안아 줄 때처럼 마음이 편안해진다.

오늘도 테디는 배변 패드에서 3센티미터 벗어난 곳에 응가를
했다. 이제 거의 다 와간다…….

여름 방학에 하고 싶은 것을
말도 안 되는 것으로 적어 보시오.

덤블링하면서 뜀틀 넘기
말을 하면서 침묵하기
비행기로 세계일주하기
아빠 물건으로만 생활
하기
테디르모기(덤블링)
하게르하기

크리에이티브의 시작.

68

아빠로서 아들을 위해 해야 할 일에
모두 동그라미를 치시오.

1. 아들 대신 학교가서 공부하기
2. 아들이 흘린 음식 주워 주기
③ 배고플 때 밥해주기
④ 심심할 때 같이 놀아주기
5. 상처준 사람에게 복수해주기
6. 생각쓰기 대신 써주기
7. 외로울 때 함께 있어주기
8. 아침에 깨워주기
⑨ 회사에서 돈 벌기
10. 휴대폰 확인하기
11. 아들 옷 벗어놓으면 개어주기
⑫ 나쁜 말을 하면 혼내주기
⑬ 예의없는 행동을 하면 혼내주기

너 행복하게 해주기 위해서

뭐 이리 해야 할 게 많냐.

또 뭐 이리 하면 안 되는 게 많냐.

또 해야 할 거랑 하면 안 되는 거랑 구분이 왜 이리 헷갈리냐.

69

다음은 아빠가 민하에게 화가 나는 순간들이다.
화가 안 날 수 있는 방법을 적으시오.

1. 세 번 이상 물어봤는데
민하가 대답하지 않고 딴짓만 할 때.
(방법: 심 호 흡   )

2. 다정하게 물어봤는데
민하가 짜증을 내면서 대답할 때.
(방법: 얘기 한 다   )

3. 물어봤는데 자기만 들리는 목소리로 작게 말하고는
〈말했는데요?〉라고 할 때.
(방법: 크 게 말 하 라 고 한)

아, 그렇구나…….

답은 나에게 있었구나.

지금 ㅈㄴ게 심호흡 중.

돈이 없어도 행복할 수 있는 방법은?

돈은빌려쓴다

아빠 많 있 는 다.

음…… 저기 지워진 거 뭐지?

가끔은 세상에서 내가 제일 힘들고 억울한 사람 같이 느껴질
때가 있다.
나마저도 그럴 때가 있는데……
사람들은 배부른 소리라고 말한다.
사람들은 저마다 각자 삶 속에서 가장 괴롭다.

하지만 내 삶이 ㅈㄴ 불행한 거 같고 ㅈㄴ 숨도 못 쉴 만큼
괴롭다가도, 나보다 불행한 거 같은 사람을 보면 그나마
숨통이 좀 트인다.
그리고 그를 위로한다.
위로는 어쩌면 내 삶에 대한 감사함이다.
어딘가에는 분명히 당신보다 불행한 사람이 있다.
잔인하지만 이렇게라도 힘을 내자.
그들을 위로하고 내 삶에 감사하며 그래도 살아가자.

(돈 빌려 달라는 DM은 받지 않습니다.)

민하는 다시 돌아가고 싶은 순간이 언제입니까?

흥미없을 때

4살

그 이유는 무엇입니까?

그때가 한국어를 좀 익혀서

가장 마지막에 울어 본 적은 언제입니까?

왜 울었습니까?

기억이 나질 않는다.

가장 마지막으로 웃은 게 언제입니까?

왜 웃었습니까?

오늘의퀴즈를 풀 때 웃었다.

오타 나와서

#zjjima

안녕, 나는 30년 후의 너란다.
미래에 대해 해줄 이야기가 많은데……. 아! 시간이 너무 부족하구나.
연결이 끊기기 전에 이거 하나만 꼭 기억해 두렴. 우리가 이 세상에
존재하는 이유는 우리를 사랑하는 사람들 때문이란다.
더 늦기 전에 더 많은 시간을 사랑하고 웃어야 한단다.
그리고 부디 내가 널 많이 사랑했다는 것도…….
아, 연결 상태가 좋지 않구나. 많이 사랑한단다. 그리고 &:!:&:&jㅈ
지즤직…… 밥좀처처텃히머거…… 제 ㅂ

#2jjima
#영상통화
#근데내가화면에서잘림
#저기디자이너님

#2jjima

잊지마 쿨하게 지는 게 이기는 거야.

.

.

.

훌륭한 경기였다.
이제 엄마에게 솔직하게 말씀드리고 시원하게 혼나자.

#2jjima
#처음엔베이블레이드대결
#끝은립스틱게임

잊지마 너는 목욕하면서
책 보는 걸 좋아했단다.

#2jjima
#그래서발바닥이쭈글쭈글
#마음은탱글탱글

그 후부터

나의 하루를
나를 위한 하루가 아닌
나를 사랑하는 사람들을 위한 하루로 만들기
시작한 후부터 내 삶이 충만해졌다.

잊지마 이거 내 입 냄새 아니야.
우리 입 냄새야.

#2jjima
#살짝뽀뽀했는데
#갑자기울기시작함

To my followers

오늘 하루 내 게시물로 기분이 조금이라도 좋아졌으면.

나도 댓글 하나로 오늘 하루 기분이 조금이라도
좋아졌으면.

이렇게 하루하루가 쌓여 기분 좋은 삶이 되었으면.

아빠에게 하고 싶은 말을 영어로 적어 보시오.

Noer i 분

AAA...

Boosan Me to Go

알았어. 이제 부산 갈 때 너 데꾸 갈게…….

민하와 이야기를 하면 주로 내 이야기만 하는 편이다.
물론 나 역시 민하의 하루가 너무나 궁금하고 어떻게
보냈는지 이야기가 듣고 싶다.
하지만 이런 식이다.
「오늘 학교에서 재밌는 일 없었어?」
「네, 없었어요.」
「오늘 태권도장에서 웃기는 일 없었어?」
「네, 별거 없었어요.」
정말 매일매일 무료한 삶을 살고 있는 건지 항상 뭐 없고
똑같댄다.

하루는 아이와 침대에 누워서 재밌는 이야기를 하다가
민하가 〈웃음 참기 챌린지〉를 하고 싶다고 했다.

내가 이야기하는 동안 민하가 웃음을 참아야 하고
민하가 이야기하는 동안 내가 웃음을 참아야 한다.
웃음이 터진 사람의 엉덩이를 발로 차는 것을 벌칙으로 하고
이야기는 실화로만 하기로 했다.

게임이 진행되고 나는 도저히 웃음을 참을 수가 없었다.
아들이 그렇게 자기한테 있었던 이야기를 신나게 해준 적이
없었기 때문이다.
나는 너무 행복해서 웃음을 참을 수가 없었다.

「어? 아빠 웃었죠! 웃었죠?」
민하도 신나게 내 엉덩이를 발로 찼다.

태권도를 열심히 다니더니 찰 줄 아네…….

아빠와 민하의 뇌 구조를 그려 봅시다.

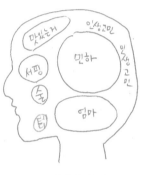

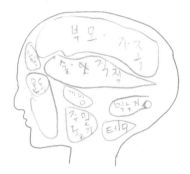

아빠의 뇌 구조   민하의 뇌 구조

민하가 가장 좋아하는 말은?

좋다

민하가 가장 싫어하는 말은?

똥

민하가 가장 좋아하는 물건은?

옛날 동전

엄마가 가장 좋아하는 말은?

사랑해요

엄마가 가장 싫어하는 말은?

엄마 저 거금
놀아도 돼요?

다음 질문에 답을 적으시오.

1. 당신이 갖고 싶은데 없는 것은?

Galaxy S10

2. 당신이 가지고 있는데 또 갖고 싶은 것은?

계정(핸드폰

아이들한테는 시키면서 어른들은 지키지 않는 것
세 가지 이상 적으시오.

일기
알림장
교과서

언젠가 아버지가 나에게 『아버지』라는 책을 선물한 적이
있었다. 책 제목을 보자마자 불효심이 치밀었다.

우리가 너의 어머니임을 강조하지 말자.
우리가 너의 아버지임을 강조하지 말자.

우리가 널 사랑한다는 것을 강조하자.

우리 집에서 일어나는 뻔한 일을 적으시오.

식물이 있다

지금 기분을 거짓말로 말해 아니 적어 보시오.

지금기분을거것말로

말해아니

겁이 나는 상황을 세 가지 이상 적으시오.

겁이 나는 상황
겁이 나는 상황
겁이 나는 상황

81

다음 단어를 다른 단어로 바꿔 보시오.

(뜻이 비슷하게.)

눈   아이

코   코지마

입   입

#zjjma

사람들에게 사진을 찍어 주는데 옆에서 계속 〈우리 아빠예요!〉,
〈내가 아들이에요!〉 하는데 괜히 마음이 뜨거워졌다.
나 참 많이 못났는데······.
이렇게 자랑스럽게 여겨 주다니 참 감사해.

#2jjima
#잊지마너그거연예인아들병이야
#한동안좀갈거야
#뽀샤시

#2jjima

잊지마 내가 너 비니 사줬다.

#2jjima
#힙스터
#과일향비니
#열한개더있음

잊지마 항상 집안에 제일 어른이 우선이다.

#2jjima
#noonayubo
#어르신
#편안하신지요

잊지마 난 분명히 혼냈다.

#2jjima
#잠수해서저멀리
#누나들한테갔음
#나는분명히계속말했다
#어어어디가는거야

대중 매체

기나긴 삶을 통해 천천히 하나하나 느껴야 할 감정들을
혹은 한 번도 느껴 볼 수 없는 감정들을
하루 동안 모두 체험하게 해주는
대중 매체의 위대함.
대중 매체의 무서움.

마음의 병이 생길 수밖에 없는 이유.

잊지마 내가 너 재롱 잔치 리허설 도와줬다.

#2jjima
#나한테보여주는건데내가도와줌
#지난시절다시는오지않아
#꿈같은얘기검정고무신

뭔가 속는 느낌

〈놀이가 최고의 교육이다〉라는 말은 참 별로다.

놀이가 교육에 도움이 될 거 같아서
너랑 놀아 준 거였다고 생각해 봐.

뭔가 속는 느낌 아니냐.

82

당신이 원하는 것을 모두 고르시오.

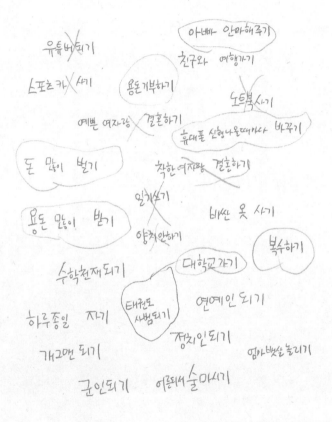

유튜버되기 ~~X~~

아빠 안마해주기

친구와 여행가기

스포츠카 ~~사기~~ 용돈기부하기

노트북 ~~사기~~ X

예쁜 여자랑 ~~결혼하기~~ X

휴대폰 신형나올때마다 바꾸기

돈 많이 벌기

착한 여자랑 결혼하기

일기쓰기 ~~X~~

비싼 옷 사기

용돈 많이 받기

야식안하기

복수하기

수학천재되기

대학교가기

태권도 사범되기

연예인 되기

하루종일 자기

개그맨 되기

정치인되기

엄마뱃살 늘리기

군인되기   어뢰서술마시기

팔호 안에 알맞은 말을 혹은 원하는 말을 넣어 시를
완성하시오.

제목: 인생

지은이: 유세윤, (유인자)

오늘도 (물)이 흐른다.

벚꽃은 매년 그러하듯 (좋게)하게 피어나고,

내 얼굴에 (여드름)이 하나둘씩 늘어난다.

하지만 당신의 얼굴에는 (수득)가 가득하구나.

괜찮다. 나는 지금 이대로 참 (괜찮).
(으며가)

84

민하가 하기 싫어도 하는 것들을 세 가지 이상
적으시오.

일기, 숙제, 영어

아무것도 바라지 않고 충분히 사랑해 주려고 하는데
정말 나는 아무것도 바라지 않는 줄 알았는데
내가 보고 싶은 만큼 나를 보고 싶어 하지 않는 아이를 보면
내가 다정하게 다가가도 나에게 짜증을 내는 아이를 보면
갑자기 울컥! 하며 〈내가 너한테 얼마나 노력하는데 니가
나한테 어떻게 이럴 수 있어!〉 하는 고리타분하고 구닥다리
같은 마음이 치밀어 오른다.
차라리 무뚝뚝한 아빠가 나으려나.
찌질한 보상 심리가 내 마음속에 조금이라도 있다는 게 너무
창피하다.

85

민하는 하기 싫은데
엄마와 아빠가 하라고 하는 것은?

음식 혼자(내 가 원하는음식
먹기   말고>

민하는 하고 싶은데
엄마와 아빠가 하지 말라고 하는 것은?

봉지라면 혼자 조리하기

86

〈독립〉의 뜻은 무엇입니까?

홀로 산 다

나쁘지않을거같아나쁘지않을거같아나쁘지않을거같아아니
조금외로우려나아니나쁘지않을거같아.

아빠에게 반말로 편지를 써보시오.

안녕

아빠에게
반말로 로 편지를쓰

내가 어렸을 때 우리 엄마는 나에게 친구 같은 엄마가 되어
주려 노력했다. 하지만 나는 엄마의 그런 노력이 부담스러웠다.

친구가 되어 주는 것과 친구 같은 것은 아무래도 차이가
있었다.

실은 나도 아들과 얘기할 때 〈무엇이 더 친구 같을까〉에
온 신경을 집중한다.
너도 이런 내가 부담스럽지는 않을까.

그럼 결국 나도 우리 엄마도 〈가짜〉인가?
나는 그저 〈친구〉 같은 아빠를 연기하고 있는 거였나?
진짜 〈나〉다운 아빠는 뭐지?

차라리 무뚝뚝한 아빠가 나으려나. 아니야, 그것도 결국
〈무뚝뚝함〉을 연기하는 거잖아.

하아…… 좋은 아빠가 되는 길은 정말 어렵구나.

만약 당신이 어른이라면 어린이날 선물로 자식에게
무엇을 줄 것입니까?

건 강

누구나 잘못을 할 수 있어.

너도 잘못을 할 수 있어.

잘못하면 벌을 받아야 해.

큰 잘못이면 큰 벌을 받아야 해.

잘못하면 반성해야 해.

다시는 반복되는 일이 없도록 반성해야 해.

다시는 반복되는 일이 없도록 평생 반성해야 해.

하지만

불행할 이유는 없어.

반성은 불행이 아니야.

반성하며 살아도 행복하게 살 수 있어.

간혹 사람들은 불행과 반성을 착각할 때가 있단다.

행복해 보이면 반성하지 않는다고 착각하기도 하지.

내가 널 혼냈다고 해서 하루 종일 위축될 필요 없어.

나에게 혼나고 반성한다면 그걸로 됐어.

넌 신나게 놀고 신나게 웃을 수 있어.

친구와 키득거리며 아빠한테 언제 혼났냐는 듯 놀아도 돼.

하지만 그러다가 그런 너를 내가 우연히 목격하고
〈어쭈, 나한테 혼나 놓고도 신나게 웃고 있네.〉
내가 만약 이런 생각이 든다면
그렇다면
그건 바로 아빠의 못난 부분일 거야.
이게 바로 찌질하고 못난 사람들의 특성이란다.

하지만
절대 너만은 그러지 않기를.
어떠한 상황에서도 행복하기를.

우리 집에 있는 것 중에 꼭 필요한 것 세 가지는?

밥, 옷, 책

우리 집에 있는 것 중에 없어도 괜찮은 것 세 가지는?

럭비공 롤더원, 휴지

아빠는 콜대원이 필요한데,
민하는 약 먹기 싫어서 쓴 거구나.

잊지마
할머니는 나를 세상에 보내 주셨고
엄마는 너를 세상에 보내 주셨단다.
아 맞다!
난 너를 엄마에게 보내 줬다.

#2jjima
#엄마사랑해요
#혼자뭐하고있니

#2jjima

잊지마 너 아디다스 입었었다.

#2jjima
#잘때도사랑해

잊지마 나 분명히 사인 CD 줬다 어따 뒀냐.

#2jjima
#희귀사인본
#유브이

내일도

난 너의 시간을 만난다.
다시는 돌아오지 않을 너의 지금 표정.
다시는 돌아오지 않을 너의 지금 감정.

같아 보이지만 지나가면 다시는 만나지 못하는
하나하나의 다른 파도처럼
난 너의 시간을 만나고 헤어짐을 반복한다.

내일 만날 너의 시간은 어떤 모습일지
오늘도 설레며 잠이 든다.

잊지마이아이즈 아아아아이악!

#2jjima
#정확히조준
#야무진발끝

약속

태어나고 싶은지 묻지도 않고
널 태어나게 해서 미안해.
하지만 태어나길 잘했다고 느낄 만큼
행복하게 해줄게.

괄호 안에 알맞은 말을 넣어서 문장을 완성하시오.

엄마, 아빠 결혼기념일 진심으로 (축하)합니다.

그동안 많은 (불편)가 있었을지도 모르지만

서로 이해하고 사랑으로 견뎌냈기에

정말 (사랑)합니다. 앞으로도 (서운) 없이

(행복)만 가득하세요!

91

〈삶은 계란이다〉를 영어로 써보시오.

Life is Egg

91

〈삶은 계란이다〉를 영어로 써보시오.

Life is Egg

〈삶은 계란이다〉를 영어로 써보시오.

Life is Egg

명언 만들기.
괄호 안에 알맞은 말을 넣으시오.

1. 이 또한 (지 나)가리라.

2. 높이 나는 (새)가 가장 멀리 본다.

3. 기대가 크면 (실망)도 크다.

4. 끝날 때까지 (끝이) 아니다.

5. 너 자신을 (사 랑하라).

6. 아, (그럴) 수도 있겠당.

아빠가 일하러 갈 때 아빠가 싫어하는 사람이 있다.
너무 싫지만 돈을 벌기 위해서는 그 사람이랑
있을 수밖에 없다. 스트레스 안 받을 수 있는 방법은?

신경안쓴다
관심 을안갖는다.

<좋아해>와 <사랑해>의 차이점은 무엇입니까?

좋다
많이 좋다

어른들이 스트레스를 해소할 수 있는 방법
세 가지 이상 적으시오.

술, 아이, 잠

96

AI(인공 지능) 아이디어 내기.

민하   휴대폰 밧데리가
          없으면   자동으로
                태양광   충전

     요리시간에   맞춰
엄마   레시피에   맞춰
          지시해주기

     흥얼거리기만
아빠   해도   작곡해주기

아내가 기분이 안 좋을 때면 왜 기분이 안 좋은지 이유를
알려 주는 AI 기술이 있다면 좋겠다.

근데 계속 같은 답만 나올 거 같아.

〈You.〉

〈You.〉

〈You.〉

나중에 결혼하게 되면 낳아서 기를
아들과 딸의 이름을 만들어 보시오.

아들

유 누 청

딸

유 나 힌

수정아, 나희야!
이 할아비가 재밌는 이야기를 해줄까?
바로 니 애비의 어렸을 적 얘기란다.
궁금하지?

자, 이 책을 읽어 보련?

퀴즈를 마치며

실은, 〈오늘의 퀴즈〉를 시작하면서 혼자만의 갈등이 조금 있었어요.
민하가 일기 쓰기를 싫어하면서 시작한 놀이이긴 했지만
하다 보니 내가 너무 재미있었거든요.
오늘은 민하가 답을 썼을까? 썼다면 어떻게 썼을까.
일이 끝나고 집에 들어올 때의 내 마음은 마치 어린 시절에 산타
할아버지가 우리 집에 다녀갔을까 아직 안 왔을까 하고 설레는
아이의 마음 같았답니다.

게다가 아들의 기상천외한 답변들을 보면서 이것들을 개인 SNS에
너무너무 자랑하고 싶었지만 진짜 꾹꾹 참았습니다.
아시죠? 저 관종이잖아요. 근데도 진짜 꾹꾹 참았어요.
한번 SNS에 〈오늘의 퀴즈〉를 올리기 시작하면, 그때부터는 질문이
자칫 팔로어들의 공감을 얻기 위한 질문으로 바뀌어 버릴까 봐
걱정이 됐거든요.
다른 건 몰라도 〈오늘의 퀴즈〉만큼은 정말 순수한 놀이
그 자체였으면 좋겠다는 마음이었습니다.
그래서 진짜 꾹꾹 참았어요.

그렇게 시간이 흘러 우연한 기회에 SBS의 「집사부일체」라는 방송
프로그램에 나가게 되었습니다.
제자가 아니고 사부로요. 진짜로 사부로 나갔습니다.
그 방송에서 우리의 〈오늘의 퀴즈〉가 처음으로 공개가 되었어요.
굉장히 사적인(?) 놀이라서 민하에게 공개해도 되는지 묻는 게

조심스러웠는데 민하가 흔쾌히 승낙했고, 방송이 나간 뒤에 민하는
〈오늘의 퀴즈〉에 더 적극적으로 참여했습니다.
그러다가 책까지 나오게 되네요. 그것도 아들과 공동 집필로요!
저도 아들도 자존감 초상승!!!!
정말 꾹꾹 참길 잘한 것 같아요. (방송이 나온 후에 조금 공개되긴
했지만.)

저는 코미디를 할 때건
음악을 할 때건
콘텐츠를 만들 때건
내가 즐겁게 만들면 그 즐거움이 대중에게 분명히 전해질 것이라
얘기합니다.
그런데 바보같이 정작 내가 아들과 놀 때는 그러지 못했어요.

아이가 좋아하는 게 무엇인지만 고민하고
어떻게 해야 아이가 관심을 보일까만 고민하고
어떻게 해야 아이에게 더 도움이 될까만 고민했어요.

물론 이런 고민이 맞죠.
틀린 건 아니에요.

그런데 가장 중요한 건
민하는 내가 〈함께〉 즐겁기를 바란다는 거였습니다.

내가 즐거우면 민하도 즐거워했고
내가 관심을 가지면 민하도 관심을 가졌습니다.

「네가 하고 싶은 거 다 하게 해줬는데 대체 뭐가 불만이야?」

연애할 때 이런 문제로 싸우기도 하죠.
아이들도 똑같을 거 같아요.

함께 웃고 싶었던 거지,
자기가 웃는 걸 그냥 곁에서 봐달라는 얘기가 아니었을 거예요.

저는 여러분이 즐거웠으면 좋겠어요.
분명히 있을 거예요.
함께 웃을 수 있는 일.
함께 기분 좋은 것들.

그걸 찾아가는 게
바로 사랑이잖아요.

우리 아빠 유세윤

1. 내가 가장 좋아한다.
2. 물을 좋아한다.
3. 서핑을 잘한다.
4. 아빠는 엄마랑 결혼했다.

우리 아들 유민하

1. 잘 먹는다.
2. 잘 웃는다.
3. 잘 생겼다.
4. 잘 잔다(푹 잔다).
5. 나를 좋아해 준다.

오늘의 퀴즈

지은이 유세윤·유민하 **발행인** 홍지웅·홍유진 **발행처** 미메시스

주소 경기도 파주시 문발로 253 파주출판도시

대표전화 031-955-4000 **팩스** 031-955-4004

홈페이지 www.openbooks.co.kr www.mimesisart.co.kr

이메일 webmaster@openbooks.co.kr

Copyright (C) 유세윤, 2019, *Printed in Korea*.

ISBN 979-11-5535-184-0 03810 **발행일** 2019년 8월 25일 초판 1쇄

이 도서의 국립중앙도서관 출판예정도서목록(CIP)은 서지정보유통지원시스템 홈페이지
(http://seoji.nl.go.kr)와 국가자료공동목록시스템(http://www.nl.go.kr/kolisnet)에서
이용하실 수 있습니다.(CIP제어번호: CIP2019030525)

 이 책은 실로 꿰매어 제본하는 정통적인 사철 방식으로 만들어졌습니다.
사철 방식으로 제본된 책은 오랫동안 보관해도 손상되지 않습니다.

미메시스는 열린책들의 예술서 전문 브랜드입니다.